Para Luna y Miguel y para todos los jóvenes
que están construyendo su propia historia
—M. de la P.

Para Steve Malk
—C.L.

G. P. Putnam's Sons

An imprint of Penguin Random House LLC, New York

First published in the United States of America by G. P. Putnam's Sons,
an imprint of Penguin Random House LLC, 2022

Visit us online at penguinrandomhouse.com

Library of Congress Cataloging-in-Publication Data is available.

Manufactured in Spain

ISBN 9780593532348
1   3   5   7   9   10   8   6   4   2
EST

Design by Eileen Savage | Text set in Cooper Old Style URW
The art was created with gouache, ink, and pencil.

retazos

MATT DE LA PEÑA
Autor ganador de la Medalla Newbery

CORINNA LUYKEN
Ilustradora bestseller del *New York Times*

traducido por **YANITZIA CANETTI**

G. P. Putnam's Sons

Tú eras azul aun antes de nacer.
Lo celebramos, lo celebramos.

Tu mamá cortó un pastel de dos pisos
y el azul se derramó,
y todos se abrazaron y señalaron
hacia el cielo despejado y azul:
¡era una señal!

Y aquí estás hoy,
azul vestido de azul.

Pero a veces, en la escuela, tu pincel
revolotea sobre el rosado.
Algunos días el dolor inunda tanto tus ojos
que temes incluso parpadear.
Pero las lágrimas no son rosadas ni azules ni débiles: son humanas.
Tú eres humano.

Y cuando seas grande,
el color que más te gustará
será el marrón.

Naciste para bailar.

Lo sabemos, lo sabemos.

Ballet, tap, hiphop, tu cuerpo se flexiona con el ritmo
y salta de nota en nota
y se aventura a un demi-plié.
Y sueñas en un-dos-tres, un-dos-tres.

Pero ese ritmo en tu cabeza
es también el de las matemáticas,
y un día aprenderás programación,
y cambiarás la manera en que se mueve el mundo.

Vas a todas partes con un balón en las manos.

Lo vemos, lo vemos.

Tú eres baloncesto-béisbol-fútbol-cualquier-juego-de-pelota
y naciste para competir.
Incluso en la derrota
el juego te alimenta,
te guía.

Pero pronto verás lo que significa realmente el deporte.

Una expresión.

El sonido de una pelota que rebota
es el lenguaje de tu soledad.

Eres bilingüe.

Un día, en su lugar, llevarás contigo palabras.

Y harás girar versos en tu dedo,
porque siempre has sido un poeta.

Eres la chica que siempre está en las nubes.

Suspiramos, suspiramos.

Empujas, rompes la fila
e interrumpes a los maestros.
Haces chistes durante el juramento a la bandera,
y todo tu cuerpo vibra
cuando alguien te presta atención.

Pero la destreza que se necesita
para hacer reír a la gente
es la que usarás para ayudar
a que la gente aprenda
cuando te conviertas
en su maestra favorita.
Y cuando una niña inquieta como tú
vaya a parar al final del salón,
la notarás,
la querrás.

Eres amable con todos y con todo.

Nos alegramos, nos alegramos.

Cuando ganas, lo sientes como una derrota.
La decepción del otro es un nudo
en tu estómago.
Te sientas junto a la niña nueva en el almuerzo
y le ofreces tu única galletita.

Pero no confundas bondad
con debilidad.

Eres un imán poderoso que atrae a la gente.
Un día se aglomerarán en torno a tus ideas,
y te buscarán para que los guíes, deseosos de seguirte.
Y te seguirán.

Eres mucho más que una simple nota,

tocada una y otra vez.

Eres una sinfonía.

Eres el sonido que emana de todos los lugares donde has estado,
y de toda la gente que has conocido,
y de todos los sentimientos que has sentido.
Eres azul y rosa y soledad y risa,
parches desiguales acumulados a través del tiempo
y cosidos juntos
como en una manta de retazos.

Y aun cuando tu estampado
pierda su diseño,
cuando crezca torcido
o enredado
o sea difícil de entender,

seguirá siendo hermoso.

Somos hermosos.